„*Il futuro ci mostra tanti volti a noi quando ci tocca* "

Dietmar Dressel

Dietmar Dressel

Aforismi e citazioni

Italienisch – Deutsch

für Barbara, Alexandra, Kai, Timon Nele und Isabelle

Vorwort

Selbstkritisch gesagt meine ich, dass viele Zitate und Lebensweisheiten darauf abzielen, die eigene und selbst vorgelebte Verhaltensweise zu reflektieren. So soll durch einen aphoristisch griffigen Spruch die eigene Reflexionsfähigkeit möglicherweise angeregt werden.

Was ist so existenziell im Leben? Was zählt für den einzelnen Menschen wirklich? Diese Fragen sind für das Denken der Gedanken und dem daraus resultierenden Handeln eine wichtige Entscheidungshilfe.

Die nachfolgenden Zitate und Lebensweisheiten finden sie alle in meinen sechsundsiebzig veröffentlichten Romanen.

•••••••••••

Per essere autocritico, intendo dire che molte citazioni e saggezze mirano a riflettere sul proprio comportamento e auto esemplificato. Una frase aforistica e accattivante dovrebbe forse stimolare la propria capacità di riflettere.

Cosa c'è di così esistenziale nella vita? Cosa conta davvero per l'individuo? Queste domande sono un importante aiuto decisionale per pensare ai pensieri e alle azioni che ne derivano.

Le seguenti citazioni e saggezze si possono trovare nei miei settantasei romanzi pubblicati.

Bibliografische Angaben aus der Deutschen Nationalbibliothek.
Die Deutsche Nationalbibliothek hat diese Veröffentlichung in die Deutsche Nationalbibliographie aufgenommen. Detaillierte bibliografische Informationen erhalten Sie online unter: http://dnb.d-nb.de.

Traduzione dal tedesco: Dietmar Dressel

Vor geraumer Zeit wurde auf Facebook und Twitter die Frage gestellt:
Who is Dietmar Dressel about?

Es ist für einen Buchautor und Schriftsteller nicht ungewöhnlich, dass er mit zunehmender Aktivität im Lesermarkt das Interesse der Öffentlichkeit weckt und diese natürlich neugierig darauf ist, um wen es sich dabei handelt. Natürlich könnte ich dazu selbst etwas sagen. Ich denke, es ist vernünftiger, eine Pressestimme zu Wort kommen zu lassen.

Nachfolgend ein Artikel von Michel Friedmann: Jurist, Politiker Publizist und Fernsehmoderator.

'Wanderer, kommst Du nach Velden". Wer schon einmal im kleinen Velden an der Vils war, der merkt gleich, dass an diesem Ort Kunst, Kultur und Literatur einen besonderen Stellenwert genießen. Der Ort platzt aus allen Nähten vor Skulpturen, Denkmälern und gemütlichen Ecken die zum Verweilen einladen. So ist es auch ganz und gar nicht verwunderlich, dass sich an diesem Ort ein literarischer Philanthrop wie Dietmar Dressel angesiedelt hat. Dressel versteht es wie wenige andere seines Faches, seinen Figuren Leben und Seele einzuhauchen. Auch deswegen war ich begeistert, dass er sich an das gewagte Experiment eines historischen Romans gemacht hatte. Würde ihm dieses gewagte Experiment gelingen? Soviel sei vorweg genommen: Ja, auf ganzer Linie.

Aber der Reihe nach. Historische Romanautoren und solche, die sich dafür halten, gibt es jede Menge. Man muß hier unterscheiden zwischen den reinen 'Fiktionisten' die Magie, Rittertum und Wanderhuren in eine grausige Suppe verrühren und historischen „Streberautoren", die jedes noch so kleine Detail des Mittelalters und der Industrialisierung studiert haben und fleißig aber langatmig wiedergeben. Dressel macht um beide Fraktionen einen großen Bogen und findet zum Glück schnell seinen eigenen Stil. Sein Werk gleicht am ehesten einem Roman von Ken Follett mit einigen erfreulichen Unterschieden! Follett recherchiert mit einem großen Team die Zeitgeschichte genauestens und liefert dann ein präzises, historisches Abbild. Ein literarischer und unbestechlicher Kupferstich als Zeugnis der Vergangenheit. Dressel hat kein Team und ersetzt die dadurch entstehenden Unklarheiten gekonnt mit seiner großartigen Phantasie. Das Ergebnis ist, dass seine Geschichten und Landschaften 'leben' wie fast nirgendwo anders.

Follett packt in seine Geschichten stets wahre Personen und Figuren der Zeitgeschichte hinein, die mit den eigentlichen Helden dann interagieren und sprechen. Das nimmt seinen Geschichten immer wieder ein wenig die Glaubwürdigkeit. Dressel hat es nicht nötig, historische Figuren wiederzubeleben. Das Fehlen echter historischer Persönlichkeiten gleicht er durch menschliche Gefühle und lebendige Geschichten mehr als aus.

Folletts Handlungen sind zumeist getrieben von Intrige, Verrat und Hinterhältigkeit. Er schreibt finstere Thriller, die ihren Lustgewinn meist aus dem unsäglichen Leid der Protagonisten und der finalen Bestrafung der 'Bösen' ziehen. Dressel zeigt uns, dass auch in einer so finsteren Zeit wie der frühen, industriellen Neuzeit Freundschaft, Liebe und Phantasie nicht zu kurz kommen müssen. Er wirkt dabei jedoch keinesfalls unbeholfen sondern zeigt uns als Routinier, dass er das Metier tiefer Gefühle beherrscht, ohne ins Banale abzugleiten.

Folletts Bücher durchbrechen gerne die Schallmauer von 1000 und mehr Seiten. Er beschreibt jedes Blümchen am Wegesrand. Dressel kommt mit viel weniger Worten aus. Substanz entscheidet!

In der linken Ecke Ken Follett aus Chelsea, in der rechten Ecke Dietmar Dressel aus Velden. Zwei grundverschiedene Ansätze und Herangehensweisen an ein gewaltiges Thema. Wer diesen Kampf wohl gewinnt? Keiner von beiden. In der Welt der Literatur ist zum Glück Platz für viele gute Autoren!

-

„Auf der Erde steht ein Turm. Unter ihm lebt
Kurt, der Regenwurm. Gräbt er still und leise,
ist er weise. Gräbt er ungestüm und
dumm, macht es bumm."

„C'è una torre sulla terra. Kurt il lombrico vive
sotto di lui. Se scava in silenzio, lo è saggio.
Scava impetuosamente e stupido, fallo boom."

• • • • • • • • • •

„Was wäre die materielle Unendlichkeit des Universums, ohne die Kraft der Liebe."

„Di cosa sarebbe l'infinito Universo senza il potere dell'amore."

• • • • • • • • • •

„Die Gegenwart zeigt uns die Fehler der Vergangenheit, damit wir die Zukunft besser gestalten."

„Il presente ci mostra gli errori del passato in modo da poter plasmare meglio il futuro."

• • • • • • • • • •

„Was nützt uns ein voller Bauch, wenn die Freiheit des Geistes Hunger leidet."

„A che serve uno stomaco pieno quando la libertà dello spirito soffre la fame."

• • • • • • • • • •

„Für die Einsicht in Liebe zu handeln, muß man einen anstrengenden Weg gehen."

„Perché l'intuizione possa agire in amore, bisogna percorrere un sentiero faticoso."

• • • • • • • • • •

„Die Philosophie ist die Stimme unseres Bewusstseins, auf der Suche nach der Wahrheit unseres „Seins"."

„La filosofia è la voce della nostra coscienza, alla ricerca della verità del nostro essere."

• • • • • • • • • •

„Um das Unfassbare zu begreifen, muss
man sich erst einen passenden Raum
im Denken schaffen."

*„Per capire l'incomprensibile, devi prima crea
uno spazio spirituale."*

• • • • • • • • • •

„Bis das Eis unter einem Fels schmilzt, vergeht
eine lange Zeit."

*„Ci vuole molto tempo prima che il ghiaccio si
sciolga sotto una roccia."*

• • • • • • • • • •

„Das kleine Wörtchen „aber" ebnet uns den
Weg zur Weisheit."

*„La parolina „ma" ci apre la strada
alla saggezza"*

• • • • • • • • • •

„Aller Anfang ist das Übel für das Kommende."

„Ogni inizio è il male per ciò che verrà."

• • • • • • • • • •

„Die Sehnsucht ist die Triebfeder allen Geschehens.“

„Il desiderio è la molla principale di tutto ciò che accade.“

· · · · · · · · · ·

„Der schlechte Teil der Vernunft ist, in Blindheit zu handeln.“

„La parte negativa della sanità mentale è essere ciechi e comportati così.“

· · · · · · · · · ·

„Eines der wesentlichsten Probleme des Lebens besteht in ihrem Unverständnis zur Realität.“

„Uno dei problemi più essenziali nella vita è la loro mancanza di comprensione della realtà.“

· · · · · · · · · ·

„Die Neugier des Menschen ist die Triebfeder seines Handelns.“

„La curiosità dell'uomo è la molla principale delle sue azioni."

• • • • • • • • •

„Die Ewigkeit ist das wirkliche „Sein" des geistigen Lebens."

„L'eternità è il vero „essere" della vita spirituale."

• • • • • • • • •

„Non sto sotto la pioggia, sto facendo la doccia tra le nuvole."

• • • • • • • • •

„Wenn man nicht weiß wo man steht, wird es schwer sein den richtigen Weg zu finden."

„Se non sai dove ti trovi, sarà difficile trovare la strada giusta."

• • • • • • • • • •

„Das Geheimnis der Zeit liegt in der Sehnsucht nach dem scheinbaren „Nichts" verborgen."

„Il segreto del tempo sta nascosto nel desiderio dell'apparente „nulla"."

• • • • • • • • • •

„Die fast unlösbare Aufgabe besteht darin, sich weder von der Macht der anderen, noch vom eigenen Unvermögen bedrängen zu lassen."

„Il compito quasi impossibile è non fare affidamento sul potere degli altri o sul proprio Per influenzare il potere."

• • • • • • • • • •

„Nicht immer trifft es zu, dass sich Menschen in ihren Verhaltensweisen wiedererkennen wollen, weil sie meinen, dass sie dafür nicht die Verantwortung tragen."

„Non è sempre vero che le persone vogliono riconoscere il loro comportamento perché vogliono dire che a loro non importa Assumiti la responsabilità."

• • • • • • • • • •

„Die Gier kennt scheinbar kein Halten und eilt von Sieg zu Sieg."

„L'avidità apparentemente non sa fermarsi e se ne va in fretta Vittoria alla vittoria."

• • • • • • • • • •

„Träume haben ihren Grund, und möge unser Verstand es wahr werden lassen, dass wir diesen Grund nicht mit Aberglauben oder Märchen verwechseln."

„I sogni hanno una ragione e che la nostra mente possa far avverare che non abbiamo quella ragione confuso con la superstizione o le favole."

· · · · · · · · · ·

„Der Mensch wird durch das was ihn ständig treibt und was er immer will, ohne es wirklich zwingend zu müssen, letztlich zu dem „was" und „wie" er ist."

„Attraverso ciò che lo spinge costantemente e ciò che vuole sempre, senza doverlo fare davvero, le persone alla fine diventano cosae come sono."

....

„Im Glauben wollen, sammelt sich das gedankenlose Denken auf der Suche nach den wahren Gründen des praktischen Lebens und des wirklichen „Seins" in der Ewigkeit des Universums."

„Nel voler credere, il pensiero sconsiderato si riunisce alla ricerca delle vere ragioni di vita pratica e reale „Essere" nell'eternità dell' universo."

....

„Der Tod lächelt uns an, doch wandelt es sich schnell zum Ruf in die Unendlichkeit des „kosmischen Nichts", sollte er uns berühren."

*„La morte ci sorride, ma si trasforma rapida-
mente in un richiamo all'infinito del nulla cosmico, se dovesse toccarci."*

· · · · · · · · · ·

„Kommst du aus der Welt der materiellen Lüste
und möchtest du in die Welt der „geistigen Unendlichkeit" eingehen, dann lass dich
nicht beirren."

*„Se vieni dal mondo della lussuria materiale e
vorresti entrare nel mondo dell ' infinito spirituale, non essere confuso."*

· · · · · · · · · ·

„Was für ein Schmerz, wenn die Sehnsucht das
Herz in Flammen aufgehen lässt."

„Che dolore quando il desiderio vuole abbracci-
are il cuore."

• • • • • • • • • •

„Wenn die Sehnsucht der Liebe einen Weg zur
Ewigkeit fände, würden Erinnerungen zu
Stufen werden. Ich würde hinaufsteigen
und dich zurückholen."

*„Se il desiderio d'amore trovasse una via per
l'eternità, i ricordi diventerebbero stadi.
Vorrei salire e riprenderti."*

• • • • • • • • • •

„Doch höre und fühle ich deine Rufe und deinen Schmerz, wenn ich wie leblos in mir ruhe.
Welcher Schmerz in diesem Leben voll
Trübsal ist größer, als die nicht
erfüllte Sehnsucht, die weint
und nicht ruhen will."

„Ma sento e sento i tuoi richiami e il tuo dolore quando riposo in me come senza vita. Quale dolore in questa vita triste è più grande del desiderio insoddisfatto che piange e non vuole riposare.“

· · · · · · · · · ·

„Wer kommt nicht gern auf die Idee etwas zu sein, was er nicht ist, aber möglicherweise gern sein möchte?“

„A chi non piace l'idea di essere qualcosa che non è, ma forse piace esserlo voler essere?“

· · · · · · · · · ·

„Warum geschehen die Dinge so und nicht anders? Weil es so „Ist", sonst wäre es nicht so!"

„Perché le cose vanno in questo modo e non diversamente? Perché „è", altrimenti non sarebbe così!"

• • • • • • • • • •

„Ein Kloster ist nicht eine ruhige, idyllische Herberge für Schutzsuchende. Wie man vielleicht meinen mag. Ein Kloster ist ein widersprüchlicher Ort, und die geistigen Inhalte die ihre Bewohner predigen, gleichen nicht selten einem Raum ohne Inhalte."

„Un monastero non è un ostello tranquillo e idilliaco per chi cerca protezione. Come si potrebbe pensare piace. Un monastero è un luogo contraddittorio e il contenuto spirituale quello dei loro abitanti la predicazione è spesso come una cosa sola Spazio senza contenuto."

· · · · · · · · · ·

„Wir leben alle unter dem gleichen Himmel, aber wir haben nicht alle das gleiche Leben."

„Viviamo tutti sotto lo stesso cielo, ma non abbiamo tutti la stessa vita."

· · · · · · · · · ·

„Wenn du den Tod als deinen Feind betrachtest, wird es schwer werden zu gehen, wohin der Weg auch führen mag "

„Se giudichi la morte come un tuo nemico, ti sarà difficile andartene."

· · · · · · · · · ·

„Sterben dürfen ist dann eine Erlösung, wenn die Schmerzen den Leidenden umfassen."

„Essere autorizzati a morire è una salvezza quando il Il dolore abbraccia i malati.“

• • • • • • • • •

„Der Tod lächelt uns an, doch wandelt sich sein Lächeln schnell zum Ruf in die Unendlichkeit des „kosmischen Nichts“, sollte er uns berühren.“

„La morte ci sorride, ma il suo sorriso si trasforma rapidamente in un richiamo all'infinito del nulla cosmico, se ci tocca.“

• • • • • • • • •

„Es gibt Scheintote, die ihr geistiges Glück im Universum suchen wollen, und verlassen zu diesem Zweck einfach ihren schützenden Körper. Dabei liegt oftmals das wahre Glück des Lebens in ihrem eigenen Hause, also in ihrem Körper. Die Schmerzen für die Wiederbelebung könnten sie sich sparen."

„Ci sono apparentemente i cosiddetti morti che cercano la loro felicità spirituale nell'universo e vogliono lasciare il loro corpo protettivo solo per questo scopo. Tuttavia, potresti risparmiarti il dolore per la rianimazione."

• • • • • • • • • •

„Die Sehnsucht ist die Mutter allen Gebärens."

„Il desiderio è la madre di tutto il parto."

• • • • • • • • • •

„Mit der Gier nach materiellen Werten fördert man nicht die geistige Reife, sondern nur die ständige Sucht nach mehr Sachen, die man eigentlich nicht braucht."

„Con l'avidità di valori materiali non si promuove la maturità spirituale, ma solo la costante dipendenza da più cose di cui non si ha realmente bisogno."

....

„Nichtwissen zu erzwingen und die Angst zu schüren es möglicherweise nicht ändern zu wollen, führt zum geistigen Horizont mit dem Radius Null."

„Costringere l'ignoranza e suscitare la paura di non voler cambiare porta a orizzonte spirituale con raggio zero."

....

„Die kleinsten Teilchen der Materie entstehen nicht gedankenlos, unkontrolliert und planlos, sondern aus dem universellen Zweck ihrer Bestimmung."

„Le particelle più piccole di materia non sorgono in modo sconsiderato, incontrollabile e senza un piano, ma dallo scopo universale del loro destino."

....

„Jeder Gedanke ist ein Baustein am werdenden Leben in seiner vielfältigen Gesamtheit. Es entwickelt sich durch ablaufprozessuale energetische Denkprozesse im „geistigen Sein", eingebettet in der „geistigen Energie"."

„Ogni pensiero è una pietra miliare nello sviluppo della vita nella sua diversa interezza. Si sviluppa attraverso processi di pensiero energetico procedurale nell' essere spirituale, incorporato nell' energia spirituale."

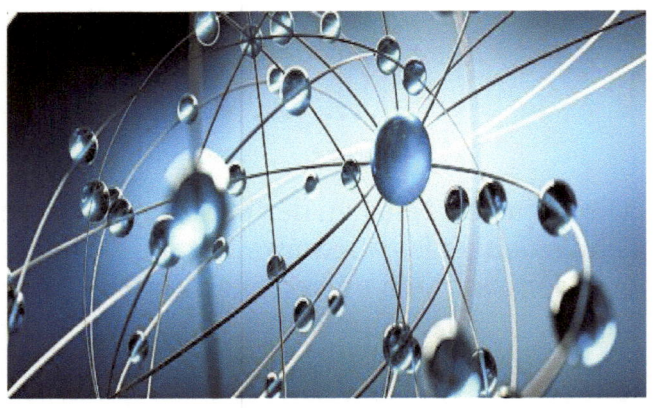

„Jeder Folgeschritt des Lebens, ist das Ergebnis von ablaufprozessualen Denkprozessen."

„Ogni passo successivo nella vita è il risultato di processi di pensiero procedurale."

•••••••••

„Wenn wenige Menschen sehr gut leben wollen, muss es sehr viele von dieser Spezies geben, die bettelarm sein sollten."

„Se solo poche persone vogliono vivere molto bene, ci devono essere moltissimi uomini, donne e bambini che sono molto poveri."

•••••••••

„Im Glauben wollen sammelt sich das gedankenlose Denken auf der Suche nach den wahren Gründen des praktischen Lebens und des wirklichen „Seins" in der Ewigkeit des Universums."

„Nel voler credere, il pensiero sconsiderato si riunisce alla ricerca delle vere ragioni della vita pratica e del vero essere nell' eternità dell' universo."

•••••••••

„Wer als Kind nicht beginnt zu lernen, der wird meist ein gieriger und neidvoller Taugenichts. Wer als Mann oder Frau nicht lernt, wandelt auf den Weg ins materielle Verderben."

„Quando i bambini non vogliono imparare, tendono a diventare avidi e gelosi. Se un uomo o una donna non vogliono imparare, si mettono sulla strada della rovina materiale."

• • • • • • • • • •

„Lernen ohne dabei zu denken führt zu nichts. Denken und nichts dabei zu lernen ist vergeudete Zeit."

„Imparare senza pensare non porta a nulla. Pensare e non imparare nulla è tempo sprecato."

• • • • • • • • • •

„Man sollte sich nicht schlafen legen, ohne sagen zu können, dass man an dem Tage etwas gelernt hätte."

„Non dovresti andare a dormire senza poter dire che hai imparato qualcosa quel giorno."

• • • • • • • • • •

„Ich esse, trinke, schlafe, vermehre mich und gehe ständig einkaufen. Also bin ich! Oder nicht? Eben diese Frage an die Philosophie ruhe in den Fängen des „kosmischen Nichts" gefangen und hofft in der Sehnsucht nach der Wahrheit gehört und gefühlt zu werden."

●●●●●●●●●●

„Mangio, bevo, dormo, riproduco e vado a fare la spesa tutto il tempo. Io esisto! Forse? Questa domanda è radicata nella filosofia e spera che un giorno la risposta venga ascoltata."

●●●●●●●●●●

„An Gott glauben bedeutet es für selbstverständlich zu halten, dass die Bestimmung des Menschen darin läge, sich über das Animalische zu erheben und alle Formen der Gewalt und Ausbeutung aus der menschlichen Gesellschaft zu eliminieren."

„Credere in Dio significa presumere che il destino dell'uomo risiede nel fatto che può elevarsi al di sopra dell'animale e di tutte le forme di violenza e sfruttamento."

•••••••••

„Wer sich mit den Feinden des humanen Lebens geistig verbindet, versinkt in der Grausamkeit seines Tuns."

„Chiunque si connetta spiritualmente con i nemici della vita umana sprofonda nella crudeltà delle sue azioni."

•••••••••

„Lässt man immerfort die hechelnden Rufe des Magens nach „Mehr" gewähren, wird der Kopf in seiner Einsamkeit verkümmern."

„Se lasci che i richiami ansimanti dello stomaco per di più continuino, la testa diventa nella sua la solitudine svanisce."

•••••••••

„Zu wissen, dass wir selbst entscheiden können was wir wirklich entscheiden wollen, ohne es zwingend zu müssen, gibt uns die Kraft es auch zu tun."

„Sapere che possiamo decidere da soli ciò che vogliamo veramente decidere senza doverlo necessariamente dobbiamo darci la forza per farlo."

· · · · · · · · · ·

„Menschen die meinen, dass Geld das höchst erstrebenswerte Gut für sie sei, geraten leicht in den Verdacht, für Geld alles zu tun."

„Le persone che credono che il denaro sia il bene più desiderabile per loro possono fare qualsiasi cosa per soldi."

· · · · · · · · · ·

„Bringst du Geld, so findest du Gnade; sobald es dir mangelt, schließen die Türen sich zu."

„Se porti denaro, troverai la grazia; appena ti manca, le porte si chiudono."

· · · · · · · · · ·

„Wenn du wissen willst, wie Gott über Geld denkt, dann sieh dir die Menschen an, die ihn vor langer Zeit geschaffen haben."

„Se vuoi sapere come pensa Dio del denaro, guarda le persone che lo hanno creato molto tempo fa ho creato."

. . . .

„Der Neid ist das Schwert der bösartigen Charakterei-genschaften und das schwarze Schaf des Bewusstseins."

„L'invidia è la spada dei tratti caratteriali del male e la pecora nera della coscienza."

. . . .

„Die Tränen eines Kindes sind der Schrei der Sehnsucht nach Liebe und Geborgenheit."

„Le lacrime di un bambino sono il grido del desiderio di amore e sicurezza."

· · · · · · · · · ·

„Durch Klugheit und List ist jeder zu besiegen, der nur rohe Gewalt kennt."

„Chiunque conosca solo la forza bruta può essere sconfitto dalla saggezza e dall'astuzia."

· · · · · · · · · ·

„Darum sind die Herrschenden auf die Macht verfallen, weil sie die Liebe, die Gerechtigkeit und die Vernunft in einen dunklen, geistigen Keller sperrten, damit sie dort niemand finden kann."

„Ecco perché i governanti sono caduti per il potere, perché amano, la giustizia e la ragione chiuso in una cantina buia e intellettuale con esso nessuno può trovarli lì."

· · · · · · · · · ·

„Wer den Hass trügerisch verbirgt, dessen Bos-
heit wird doch vor der Gemeinde offenbar
werden."

*„Chiunque nasconda in modo ingannevole
l'odio rivelerà la propria malizia alla
comunità."*

. . . .

„Der Neid, die Gewalt und die Macht sind das
„Böse" ansich, was Menschen zur qualvollen
Last fällt. In diesen drei Komplizen der Gier
liegen die Wurzeln allen schrecklichen
Handelns, welches Menschen sich
gegenseitig antun."

*„Invidia, violenza e potere sono di per sé mal-
vagi, il che è un fardello agonizzante per le
persone. In questi tre complici dell'avidità gi-
acciono le radici di tutti gli atti terribili che gli
esseri umani si fanno l'un l'altro."*

. . . .

„Dem erwachenden Frühling entgegen zu lächeln, ist für uns Menschen etwas Selbstverständliches. Für den Planeten Erde trifft das derzeit nicht zu."

„Sorridere al risveglio della primavera è qualcosa che noi umani diamo per scontato. Questo non è attualmente il caso del pianeta terra."

• • • • • • • • • •

„Sie hat es mit uns Menschen nicht leicht. Wer die Erde liebt, sollte die Augen aufmachen und nicht den Mund."

„Non è facile per noi umani. Chi ama la terra dovrebbe aprire gli occhi e non la bocca."

• • • • • • • • • •

„Denn was wir der Erde entnehmen, sollte sie, so sie weiter unsere Lebensgrundlage sein soll, auch wieder zurückbekommen."

„Perché quello che prendiamo dalla terra, se dovesse continuare a essere il nostro sostentamento, dovrebbe tornare indietro."

• • • • • • • • • •

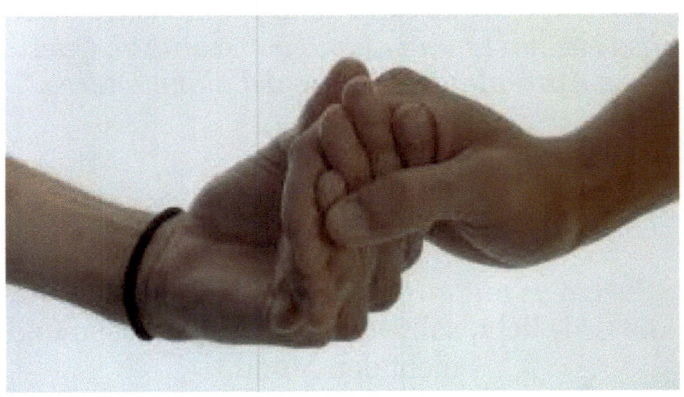

„Wo die Liebe und die Vernunft die Menschen fesselt, blüht das Leben in all seiner hoffnungs-vollen Pracht. Gewinnen der Hass und die Gier die Macht, stirbt das Leben."

„Dove l'amore e la ragione legano le persone, la vita sboccia in tutto il suo splendore di spe-ranza. Se l'odio e l'avidità guadagnano potere, la vita muore."

• • • • • • • • • •

„Als Gott im Paradies Adam, die Krönung der göttlichen Schöpfung erschaffen hatte, war al-les wertvolle, verwendbare Schöpfungsmaterial restlos aufgebraucht."

„Quando Dio creò Adamo, l'incoronazione della creazione divina, in paradiso, tutto era prezioso, materiale di creazione utilizzabile completamente esaurito."

• • • • • • • • • •

„Als er dann doch noch Eva, die arbeitende Erfüllungsgehilfen von der Krönung der göttlichen Schöpfung, also Adam, erschaffen wollte, reichte seine Rippe vorn und hinten nicht ganz aus."

„Quando finalmente ha voluto creare Eva, la costola di Adamo non era abbastanz."

• • • • • • • • • •

„Also nahm er notgedrungen den fehlenden Rest aus dem im Paradies herumliegenden, noch nicht ganz aufgeräumten Chaos, und bastelte notdürftig Eva zusammen."

„Così è stato costretto a prendere ciò che era rimasto in paradiso e ha creato un'Eva improvvisata insieme."

• • • • • • • • • •

„Wenn wir unsere Kinder töten, stirbt die Zukunft und die Zeit bleibt stehen."

„Se uccidiamo i nostri figli, il futuro muore e il tempo si ferma."

• • • • • • • • • •

„Wenn der Mensch den Glauben im Imperativ täglich frönt, sich ihm uneingeschränkt hingibt, versperrt er sich den Zugang zum Denken und fördert hem-mungslos die Lüge."

„Se una persona si abbandona ogni giorno alla fede nell'imperativo, ci si arrende senza riserve, blocca il suo accesso al pensiero e promuove senza limiti le bugie."

· · · · · · · · · ·

„Die Gesichter der Menschen erkennt man im Licht der Sonne, ihren Charakter im Dunkeln der Nacht."

„Puoi riconoscere i volti delle persone alla luce del sole, il loro carattere nell'oscurità della notte.“

• • • • • • • • • •

„Wer um seinen eigentlichen Zweck seines Lebens weiß und fühlt, dem hilft sein Bewusstsein mehr als alles andere dazu, Schwierigkeiten und Hindernisse zu überwinden.“

„Chiunque conosca e senta il loro vero scopo nella vita li aiuta più di ogni altra cosa a superare difficoltà e ostacoli.“

• • • • • • • • • •

Volksweisheiten

„Neid frisst alles auf, was er in Besitz nehmen kann. Die Neider sterben wohl, doch niemals stirbt der Neid. Es stimmt, dass Geld nicht glücklich macht, allerdings meint man damit das Geld der anderen. Die Welt wird nicht bedroht von den Männern, Frauen und Kindern aus der Spezies von denkenden körperlichen Lebewesen der höheren geistigen Ordnung die böse sind, sondern von denen, die das Böse zulassen.“

Saggezza popolare

"L'invidia divora tutto ciò di cui può impossessarsi. Gli invidiosi muoiono, ma l'invidia non muore mai. È vero che i soldi non ti rendono felice, ma significano i soldi degli altri. Il mondo non è minacciato da uomini, donne e bambini della specie del pensiero, esseri fisici dell'ordine spirituale superiore che sono malvagi, ma da coloro che permettono il male."

• • • • • • • • • •

„Hat ein geschlossenes System, wie der Planet Erde, wirklich Raum für alle Menschen, wenn sie sich weiterhin so exzessiv vermehren sollten?"

„Un sistema chiuso, come il pianeta terra, ha davvero spazio per tutte le persone, se lo sono dovrebbe continuare a moltiplicarsi così eccessivamente?"

• • • • • • • • • •

„Mit dem geistigen Fühlen zu denken und da-
nach zu handeln, führt zum rechten Weg für
alle denkenden körperlichen Lebewesen der
höheren geistigen Ordnung."

*„Pensare con sentimento spirituale e agire di
consequenza porta tutti a pensare nel modo
giusto: gli esseri fisici del superiore
ordine spirituale."*

• • • • • • • • • •

„Wenn man mit der Logik des eigenen Verstandes denkt, und die Worte sparsam wählt, wird
sich das geistige Fühlen auch ein festes zu Hause schaffen können."

„Se pensi con la logica del tuo intelletto e scegli le parole con parsimonia, anche il sentimento spirituale sarà in grado di creare una casa solida per se stesso."

••••••••••

„Von allen Denkprozessen des Bewusstseins sind die über das Leid und zur Trauer die schmerzhaftesten."

„Di tutti i processi di pensiero della coscienza, quelli relativi alla sofferenza e al dolore sono i più dolorosi."

••••••••••

„Die Menschen sollten nach dem Grundsatz leben, dass die Würde unantastbar ist. Das bedeutet, dass Männer, Frauen und Kinder unter keinen Umständen ein Mittel zum Zweck sein dürfen. Niemals und zu keiner Zeit."

„Le persone dovrebbero vivere secondo il principio che la dignità è inviolabile. Ciò significa che uomini, donne e bambini non devono in nessun caso essere un mezzo per raggiungere un fine. Mai e in nessun momento."

· · · · · · · · · ·

„Die Philosophie ist die Stimme unseres Bewusstseins, auf der Suche nach der Wahrheit unseres „Seins".“

„La filosofia è la voce della nostra coscienza, alla ricerca della verità del nostro „essere".“

· · · · · · · · · ·

„Durch die Fülle von dem was geschieht, und nicht durch Gewalt, Hass und Gier, beeinflusst das „geistige Sein", eingebettet in der „geistigen Energie", achtsam den kosmischen Kreislauf des Lebens.“

„Attraverso l'abbondanza di ciò che accade, e non attraverso la violenza, l'odio e l'avidità, l ' „essere spirituale", incorporato nell' „energia spirituale", influenza consapevolmente il ciclo cosmico della vita.“

· · · · · · · · · ·

„Es kostet nicht viel Mühe, bei dieser Idylle den Geist zu motivieren und aktiv zu werden. Es allerdings nicht zu tun, dem folgt möglicherweise geistige Stille.“

"Non ci vuole molto sforzo per motivare la mente e diventare attivi in questo ambiente idilliaco. Non è così da fare, questo può essere seguito da un silenzio spirituale."

· · · · · · · · · ·

„Was nützen die besten Sachinhalte einer Idee, wenn sie niemand in der Öffentlichkeit kraftvoll und energetisch konsequent vertritt."

„A che serve il miglior contenuto fattuale di un'idea se nessuno la rappresenta in pubblico in modo potente ed energico?"

· · · · · · · · · ·

„Existiert eigentlich der Mensch nur für das unermüdliche Rackern nach dem ständigen „Mehr"?"

„L'uomo esiste davvero solo per l'instancabile mascalzone dopo il costante" di più?"

••••••••••

„Die menschliche Existenz stützt sich auf zwei komplexe Säulen. Entweder das strebsame Bemühen, um das „Denken Wollen" und das „Wissen" zu mehren. Oder die maximale Befriedigung der materiellen Bedürfnisse."

„L'esistenza umana poggia su due complessi pilastri. O voler pensare e aumentare la conoscenza. O la massima soddisfazione dei bisogni materiali."

••••••••••

„Was in unserem Bewusstsein mit uns spricht, hören und sehen wir erst dann, wenn wir unsere Träume verwirklichen."

„Sentiamo e vediamo ciò che ci parla nella nostra coscienza solo quando abbiamo la nostra Realizza sogni."

. . . .

„Sind vielleicht Träume bei Männern, Frauen und Kindern eine Ausdrucksform oder ein Dolmetscher der geheimnisvollen Sprache des Bewusstseins?"

„I sogni sono forse una forma di espressione o un interprete per uomini, donne e bambini misterioso linguaggio della coscienza?"

. . . .

„Die Dummheit und das nicht wissen wollen ist eine schlimme Krankheit. Der Kranke selbst leidet nicht darunter, aber die Gesunden leiden sehr."

„La stupidità e il non voler sapere è una malattia terribile. Il paziente stesso soffre non da esso, ma i sani soffrono molto."

. . . .

„Würde man beweisen wollen, dass es keinen Gott in der Welt der Menschen gäbe, dann gibt es folglich auch keine Religion. Für was auch?"

„Se volessi provare che non c'era Dio nel mondo umano, di conseguenza non ci sarebbe nemmeno la religione. Per cosa?"

• • • • • • • • • •

„Die entsetzlich anhaftende Dummheit bei Glaubensdoktrien, eingebettet in einer geistigen Dunkelheit des göttlichen Glaubens, sollte niemals unterschätzt werden."

„La terribilmente attaccata stupidità delle dottrine della fede, incastonata in un'oscurità spirituale di fede divina, non dovrebbe mai essere sottovalutato."

• • • • • • • • • •

„Wer sich zwischen den Sternen im Universum bewegt, kann nur noch lächeln über das Geld, das Gold und den Grundbesitz von gierigen Männern und Frauen."

„Chiunque si muova tra le stelle dell'universo può solo sorridere al denaro, all'oro e alle proprietà di uomini e donne avidi."

....

„Maßloser Konsum hinterlässt den Eindruck von einem erfüllten Leben der Menschen, und die Existenz einer Wohlstandsgesellschaft. In Wahrheit ist er der Nährboden für eine moralische Dekadenz in der Gesellschaft, sowie der wirtschaftliche Verfall eines bewohnbaren Planeten."

„Un consumo eccessivo lascia l'impressione di una vita soddisfacente per le persone e l'esistenza di una società benestante. In verità, è il terreno fertile per una decadenza morale nella società, così come il declino economico di un pianeta abitabile."

....

„Achte aufmerksam auf dein Denken deiner Gedanken, denn sie werden durch Gestik, Mimik und Sprache Bestandteil deiner Kommunikation."

„Presta molta attenzione al modo in cui pensi ai tuoi pensieri, perché sono determinati dai gesti, dalle espressioni facciali e dal linguaggio Parte della tua comunicazione."

· · · · · · · · · ·

„Achte auf deine Kommunikation, denn sie wird möglicherweise dein Verhalten und Handeln beeinflussen."

„Presta attenzione alla tua comunicazione, perché potrebbe diventare il tuo comportamento e le tue azioni influenza."

· · · · · · · · · ·

„Achte auf dein Verhalten und Handeln, denn sie beeinflussen deine Charaktereigenschaften. Auf sie achte besonders, denn sie werden dein geistiges Leben beeinflussen."

„Presta attenzione al tuo comportamento e alle tue azioni, perché influenzano i tratti del tuo carattere. Presta attenzione a loro soprattutto perché diventano la tua vita spirituale influenza."

· · · · · · · · · ·

„Was sollte ich tun, und was sollte ich lassen? Was darf ich erhoffen oder wo ist jede Hoffnung zwecklos? Was bin ich eigentlich als Mensch, und warum lebe ich für eine begrenzte Zeit auf einem bewohnbaren Planeten?"

„Cosa devo fare e cosa non devo fare? Cosa posso aspettarmi o dove è inutile ogni speranza? Perché vivo come uomo, donna o bambino su un pianeta per un tempo limitato?"

• • • • • • • • • •

„Was ist der eigentliche Zweck dieses Lebens? Worin bestehen der Inhalt und die Bedeutung dieses Lebens?"

„Qual è il vero scopo di questa vita? Qual è il contenuto e il significato di questo Vita?"

• • • • • • • • • •

„Das Bewusstsein und das „geistige Sein", eingebettet in der „geistigen Energie" ist das konstituierende Formalprinzip des Universums und dessen was es enthält."

„La coscienza e l ' „essere spirituale" incorpora-
ti nell' „energia spirituale" è il costituente Prin-
cipio formale dell'universo e dei suoi cosa con-
tiene."

• • • • • • • • • •

„Das Denken der Gedanken ist grundsätzlich
erst einmal ein energetisch ablaufprozessualer
Prozess.
Einmal völlig losgelöst davon, was ihn möglicherweise ausgelöst haben könnte, oder
ausgelöst hat."

„Pensare ai pensieri è fondamentalmente solo
una volta un processo energetico correlato al
processo. Una volta completamente distaccato
da ciò che potrebbe averlo innescato o innesca-
to."

• • • • • • • • • •

„Zwei einander sich widersprechende Aussagen
können nicht zugleich auch zutreffend sein."

„Due affermazioni contraddittorie non possono
essere corrette allo stesso tempo."

• • • • • • • • •

„Vieles was von den Menschen gedacht wurde, ist ohne Zweifel bereits mental abgehandelt worden. Man muss sich nur der Mühe unterziehen, es nochmals denken zu wollen."

„Molto di ciò che la gente pensava è stato senza dubbio trattato mentalmente. Devi solo provare a pensarci di nuovo."

• • • • • • • • • •

„Wer sich nicht von der Sehnsucht und der Neugierde aufmerksam berühren lässt, wird im Stumpfsinn seiner einfältigen Gedankenwelt versinken."

„Quelli che non si lasciano toccare con attenzione dal desiderio e dalla curiosità diventano stupidi affonda nella sua mente semplice."

• • • • • • • • • •

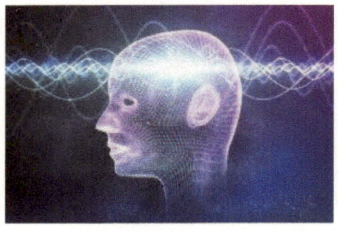

„Das Gehirn ist wie der menschliche Verdau-
ungstrakt, es kommt nicht darauf an, wie man
es arbeiten lässt, sondern wie es ergebnisorien-
tiert Gedanken aufnehmen, verarbeiten und
abspeichern kann."

„Il cervello è come il tratto digerente umano,
non importa come lo lasci funzionare, ma come
può ricevere, elaborare e memorizzare
i pensieri in modo orientato
ai risultati."

• • • • • • • • • •

„Es scheint wohl zutreffend zu sein, dass nicht
das Herz die ihm zugesprochene Rolle als ab-
laufprozessuales Zentralorgan für die Wahr-
nehmungen und die Erkenntnisse übernimmt,
sondern dass sich das menschliche Bewusstsein
bemüht, diese Aufgaben zu lösen."

„Sembra essere vero che il cuore non gioca il
ruolo che ha come organo centrale per la perce-
zione. È la coscienza umana che fa questo
Risolve compiti."

• • • • • • • • • •

„Der Mensch muss anfangen sein Gedächtnis zu verlieren um zu erkennen, dass das Bewusstsein alles ist, was das Leben von Männern, Frauen und Kindern definiert. Ohne Bewusstsein ist der Mensch wie ein geistiger Raum ohne Inhalt."

"Le persone devono iniziare a perdere la memoria per rendersi conto che la coscienza è tutto ciò che definisce la vita di uomini, donne e bambini. Senza coscienza, una persona è come uno spazio spirituale senza contenuto."

• • • • • • • • • •

„Ein fremdes Organ tritt ungewollt in dein Leben ein, um es möglicherweise etwas zu verlängern. Sinnvoller wäre es, das eigene Leben in seiner begrenzten Zeit geistig zu vertiefen."

„Un organo estraneo entra nella tua vita per allungarla un po'. Sarebbe meglio approfondire la vita spirituale."

• • • • • • • • • •

„Kann ein menschliches Bewusstsein als solches überhaupt sterben? Sollte es organisch sein? Ja! Wenn nein, also wenn es ein energetisches Konstrukt ist, nein! Energie kann nicht sterben."

„Può una coscienza umana morire come tale? Dovrebbe essere biologico, sì! Se è un costrutto energetico, no! L'energia non può morire."

• • • • • • • • • •

„Die Realität hat ihre Grenzen, doch die Fantasie und die Neugier ist grenzenlos."

„La realtà ha i suoi limiti, ma l'immaginazione e la curiosità sono illimitate."

• • • • • • • • • •

„Wenn ein kleiner Junge ein Stück Holz unterm
Ofen hervorholt und zu dem Holz „Hühott"
sagt, dann ist es ein Pferd. Ein richtiges
lebendiges Pferd.
Und wenn der große Bruder sich kopfschüttelnd
das Holz betrachtet und zu dem kleinen Jungen
sagt: „Das ist ja gar kein Pferd, sondern du
bist ein Esel." Dann ist er ein Esel."

„Se un bambino prende un pezzo di legno da
sotto la stufa e dice „Hühott", allora è un cavallo. Un vero cavallo. E quando il fratello maggio-
re scuote la testa e dice: Questo non è affatto
un cavallo e tu sei un asino. Allora
il suo fratellino è un asino."

● ● ● ● ● ● ● ● ● ●

„Lieber künstliche Intelligenz als Dummheit."

„Migliore intelligenza artificiale che stupidità."

● ● ● ● ● ● ● ● ● ●

„Die Intuition ist der geistige Weckruf unseres
Bewusstseins nach Veränderung unseres
Denkens und Handelns."

„L'intuizione è il risveglio spirituale della nostra coscienza dopo un cambiamento nel nostro modo di pensare e agire."

• • • • • • • • • •

„Die Kunst der Sprache besteht darin, sich so auszudrücken, dass man auch von allen verstanden wird."

„L'arte del linguaggio consiste nell'esprimersi in modo tale che tutti possano capirti."

• • • • • • • • • •

„Das Schicksal meldet sich nicht mit einem lauten Trommelwirbel an."

„Il destino non si annuncia con un forte rullo di tamburi."

• • • • • • • • • •

„Ist das materielle Universum möglicherweise nur ein illusionäres Konstrukt?"

„L'universo materiale è forse solo un costrutto illusorio?"

• • • • • • • • • •

„In welcher Sprache spricht ein Gott zu den Männern, Frauen und Kindern auf dem Planeten Erde?"

„In che lingua un dio parla a uomini, donne e bambini sul pianeta terra?"

• • • • • • • • • •

„Enttäuscht vom Affen schuf Gott aus den Resten in seiner Verzweiflung den Mann und aus dessen Rippe die Frau."

„Deluso dalla scimmia, Dio creò l'uomo dai resti nella sua disperazione e dalla sua Costata la donna."

••••••••••

„Die Intuition ist die Fähigkeit, Einsichten in Sachverhalte in noch unbekannte Sichtweisen, Gesetzmäßigkeiten, oder die subjektive Stimmigkeit von eigenen und nicht eigenen Entscheidungen zu erlangen, ohne einen diskursiven Gebrauch des Verstandes in Anspruch zu nehmen. Also ohne eine bewusste Schlussfolgerung zu ziehen."

„L'intuizione è la capacità di comprendere fatti in punti di vista ancora sconosciuti, leggi o coerenza soggettiva delle proprie e non proprie decisioni, senza fare uso dell'uso discorsivo della mente. Quindi senza trarre una conclusione consapevole."

••••••••••

„Es gibt Menschen, denen würde man am liebsten den Teufel als ständigen Gast in ihrem Hause wünschen. Aber man tut es nicht. Das Bauchgefühl sagt nein. Denn besser wäre es für solche Personen, sie würden sich in ihrem Leben einmal selbst begegnen."

„Ci sono persone per le quali vorresti augurare al diavolo come ospite permanente nella loro casa. Ma tu non lo fai. La sensazione viscerale dice no. Perché sarebbe meglio per queste persone se si incontrassero una volta nella vita."

....

„Nach Auffassung von manchen Menschen kann es im materiellen Universum ohne Zufall keinen freien Willlen geben, da jede Entscheidung bei Kenntnis aller Einflussgrößen vorhergesagt werden könnte. Aber wenn unsere Entscheidungen zufällig zustande kommen, wäre das erst recht nicht das, was wir uns unter einem freien Willen vorstellen?"

„Secondo alcuni scienziati, non può esserci libero arbitrio nell'universo materiale, perché ogni decisione potrebbe essere presa con la consapevolezza di tutti.
Ma quando le nostre decisioni vengono prese per caso allora non sarebbe certamente quello che immaginiamo per libero arbitrio?"

....

„Wenn du in einer stillen Stunde deines Lebens
in dich hineinhören kannst und dabei fühlst,
dass du nicht so denkst wie viele andere, dann
ändere es auch nicht."

„*Se stai ascoltando te stesso in un'ora tranquil-
la della tua vita e hai la sensazione di non
pensare come tanti altri, non cambiarlo.*"

· · · · · · · · · ·

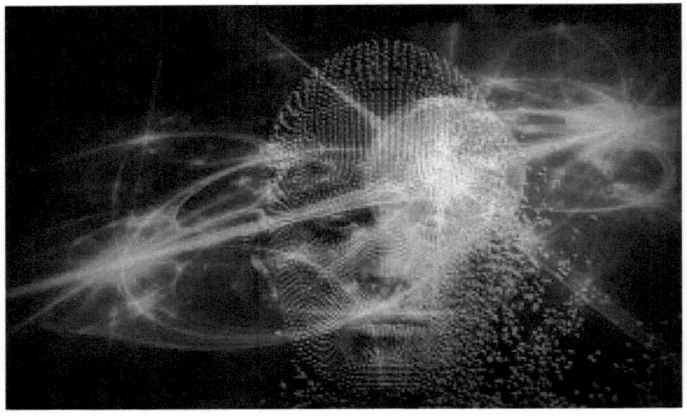

„Das „geistige Wollen", ist das sehnsüchtige
geistige Verlangen der „geistigen Energie", eingebettet im so genannten „universellem
Nichts", nach strukturellen ablaufprozessualen
und energetischen Entwicklungsprozessen.
Einmal völlig losgelöst davon, inwieweit sich
das auf geistige beziehungsweise materielle
Veränderungsprozesse im „universellem
Nichts" auswirken würde."

*„La volontà spirituale è il desiderio spirituale
di energia spirituale, incarnato nel nulla universale, attraverso processi di sviluppo
strutturale procedurale ed energetico.
Una volta distaccato dalla misura in cui ciò
influenzerebbe i processi di cambiamento mentale o materiale nel nulla universale."*

• • • • • • • • • •

„Fühle die „geistige Energie" und achte auf die
Stimme des „geistigen Wollens"."

*„Senti l ' energia spirituale e presta attenzione
alla voce della" volontà spirituale."*

• • • • • • • • • •

„Die Energie ist in ihrem Bemühen nützlich zu sein, der „mentale Erfüllungsgehilfe" für das „geistige Wollen"."

„L'energia è utile nei loro sforzi di essere l'agente mentale vicario per la volontà spirituale."

· · · · · · · · · ·

„Der Energieerhaltungssatz sagt aus, dass die Energie eine Erhaltungsgröße ist. Dass also die Gesamtenergie eines abgeschlossenen Systems sich nicht mit der Zeit ändert. Energie kann zwischen verschiedenen Energieformen umgewandelt werden. So variabel im Universum Energieformen erscheinen mögen, sie unterliegen alle dem Energieerhaltungssatz der Physik. Demnach geht Energie niemals verloren."

„La legge di conservazione dell'energia afferma che l'energia è una quantità di conservazione. In modo che l'energia totale di un sistema chiuso non cambi nel tempo. L'energia può essere convertita tra diverse forme di energia. Per quanto variabili possano apparire le forme di energia nell'universo, sono tutte soggette alla legge di conservazione dell'energia in fisica. Di conseguenza, l'energia non viene mai persa."

•••••••••

„Nur dieses „geistige Sein", eingebettet in der „geistigen Energie", gibt durch sein „geistiges Wollen" dem „Kreislauf des kosmischen Lebens", auf der physikalischen Grundlage von energetischen ablaufprozessualen Wandlungsprozessen, die „geistige Energie", und damit die „geistige energetische Beständigkeit" für seine ewige „Existenz"."

„Solo questo essere spirituale, incorporato nell ' energia spirituale, dà il ciclo della vita cosmica attraverso la sua volontà spirituale, sulla base fisica dei processi di trasformazione relativi al processo energetico, l' energia spirituale, e quindi la spirituale energico Costanza per la sua eterna esistenza."

•••••••••

„Das „geistige Sein", eingebettet in der „geistigen Energie", ist die Heimat des „geistigen Wollens" und des „geistigen Fühlens"."

„L ' essere spirituale, incorporato nell' energia spirituale, è la casa della" volontà spirituale e del sentimento spirituale."

· · · · · · · · · ·

„Jeder Gedanke den man denkt, ist ein geistiges Ergebnis, geboren aus dem geistigen Wollen. Jeder Gedanke ist wie ein Baustein am werdenden Leben, unabhängig davon, wie es sich entwickeln wird."

*„Ogni pensiero che si pensa è un risultato spiri-
tuale e nasce dalla volontà spirituale. Ogni
pensiero è come un mattone nello sviluppo della vita, indipendentemente da come si svilup-
però.".*

• • • • • • • • • •

*„Das „geistige Wollen" und das daraus resul-
tierende „ablaufprozessuale Denken" ist natürlich auch die Grundlage für das geistige Leben
eines Bewusstseins von Männern, Frauen und
Kindern."*

*„La volontà spirituale e il pensiero procedurale
che ne deriva è ovviamente anche la base della
vita spirituale di una persona".*

• • • • • • • • • •

„Dieses Ruhen in sich selbst, im „geistigen
Sein", eingebettet in der „geistigen Energie"
öffnet den Weg, um dann am Ende über das
Denken der Gedanken einen anderen Weg zu
suchen. Wie ein Segelboot, das vom Wind getrieben aufs Meer treibt. Da gelten nicht mehr
die Regeln des Bekannten, sondern nur noch
die unendlichen Weiten des geistigen Universums."

„Questa calma in se stessi, nell'essere spirituale, incorporata nell'energia spirituale, apre la strada e alla fine cerca un'altra via. Come una barca a vela che viene spinta in mare dal vento. Le regole del noto non si applicano più. Esistono solo le infinite distese dell'universo spirituale".

· · · · · · · · · ·

„Nachdenklich steht es um das Geistige, das sich um die Zukunft ängstigt. Es ist voller Besorgnis ob das, woran es seine Freude hat, auch Bestand haben wird"

„È incerto lo spirituale che si preoccupa per il futuro. È pieno di preoccupazione se ciò di cui gode durerà?"

· · · · · · · · · ·

„Das kosmische „Nichts" ist wie der Leib einer Gebärenden. Aus wenigen Bausteinen entwickeln sich materielle und lebende Strukturen."

„Il nulla cosmico è come il corpo di una donna in travaglio. Le strutture materiali e viventi si sviluppano da pochi elementi costitutivi."

• • • • • • • • • •

„Das kosmische „Nichts" existiert eingebettet in einem energetisch ablaufprozessualen Gesamt-komplex und in einem dreidimensionalen Raum und der eindimensionalen Zeit. Also in einer vierdimensionalen mathematischen Struktur."

„Il nulla cosmico esiste in un complesso energe-tico, in uno spazio tridimensionale e in un tem-po unidimensionale. Quindi in una struttura matematica quadridimensionale."

• • • • • • • • • •

„Die universelle Wirklichkeit ist nicht die mate-riell sichtbare Materie, sondern die ablaufpro-zessualen Denkprozesse, eingebettet in der „geistigen Energie."

„La realtà universale non è la materia materi-almente visibile, ma i processi di pensiero pro-cedurali, incorporati nell'energia spirituale."

• • • • • • • • • •

„Das Denken des Wollens ist kein lapidarer
energetisch ablaufprozessualer Prozess. Es ist
auch sicherlich keine unbewusste geistig energetische Welle. Das geistige Wollen entspringt
der Sehnsucht nach etwas, was es noch nicht
geben sollte, aber notwendig und gewollt ist.“

*„Pensare alla volontà non è un processo con-
ciso ed energico. Il desiderio mentale nasce dal
volere qualcosa che ancora non esiste
ma è necessario.“*

• • • • • • • • • •

„Die ursprüngliche mentale Triebfeder zum
„Wissen Wollen“ ist die „geistige Sehnsucht“.
Sie ist tief eingebettet im „geistigen Wollen“.
Während alles spätere Wissen ein Ergebnis da-
raus ist.“

„La forza motrice mentale originale per voler
sapere è desiderio spirituale . È profondo incorporato nella volontà spirituale. Mentre tutta la
conoscenza successiva ne è il risultato.“

• • • • • • • • • •

„Alle „geistigen Elemente" sind energetisch ablaufprozessuale Elemente der „universellen Energie"."

„Tutti gli elementi spirituali sono elementi energetici legati al processo dell' energia universale."

• • • • • • • • • •

„Das Bewusstsein wird personifiziert. Es ist Wissen, das geworden ist und Wissen für die Existenz seiner eigenen spirituellen Identität."

„La coscienza è personificata. È la conoscenza che è diventata e la conoscenza dell'esistenza della propria identità spirituale."

• • • • • • • • • •

„Alles Materielle ist in seiner Lebensweise grundsätzlich zeitlich „endlich". Das gilt ohne Ausnahme. Nur das „Geistige", also zum Beispiel das Bewusstsein, existiert ewig. Die physikalische Grundlage dafür ist das Energieerhaltungsgesetz, das unmissverständlich ausdrückt, dass Energie, gleich in welcher Form, weder erzeugt noch vernichtet werden kann. Die Energie existiert ewig!"

„Materia, sostanze e massa finalmente esisto-no! Solo lo spirituale, incorporato nell'energia spirituale, esiste per sempre. La base fisica per questo è la legge di conservazione dell'energia. L'energia non può essere distrutta."

• • • • • • • • • •

„Das „Bewusstsein" und das „geistige Sein", eingebettet in der „geistigen Energie" sind das konstituierende Formalprinzip des geistigen Universums und dessen was es enthält."

„Coscienza e essere spirituale incorporati nell' energia spirituale sono i principi formali costi-tuenti dell' universo spirituale e di ciò che contiene."

• • • • • • • • • •

Liebe Leserinnen und liebe Leser, in meinem nächsten Roman:

„Das Denken und die Gier"

werden sie lesen können, was viele Männer, Frauen und Kinder in Laufe ihrer relativ kurzen Lebensgeschichte bewegt hat, sich für den Konsum jeglicher Art in ihrem Leben zu entscheiden und dabei die Lebensgrundlagen ihres wunderbaren Planeten Erde in einer relativ kurzen Zeit zerstören. Wegweisende Ratgeber ihres Lebens sind nicht die Vernunft und die Liebe, sondern die Gier, der Neid und der Machthunger, der ihr Leben ausfüllt.

Die vernünftigen Verhaltensweisen von Männern, Frauen und Kindern reichen nicht aus, um der Menschheit eine hoffnungsvolle Zukunft in Aussicht zu stellen.

Dieser Roman wird ab Ende Februar 2021 im deutschsprachigen Buchhandel und bei den meisten nationalen und internationalen Internetportalen sowohl als Buch als auch als E – Book zu kaufen sein.

Viele interessante Stunden beim Lesen dieses spannenden Romans wünscht ihnen ihr –

Dietmar Dressel

Vi auguro molte ore interessanti leggendo questo entusiasmante romanzo.

Der Autor

Es kommt die Zeit, da rückt das 65. Lebensjahr in greifbare Nähe - endlich - denkt man erleichtert, in Pension. Soweit so gut! Es dauert nicht lang, und man feiert im Kreise der Familie den 66. Geburtstag und stellt dabei mit zunehmender Ungeduld fest, dass so ein Tag, mit seinen vierundzwanzig Stunden, ziemlich lang sein kann.

Familie, Enkelkinder, Faulenzen, Reisen und gelegentliche botanische Experimente bei der Gartenarbeit reichen nicht mehr aus, um den Tag ein interessantes Gesicht zu geben. Was tun? An dieser Frage kommt man nicht mehr vorbei, möchte man nicht den Rest seines Lebens auf der Couch und vorm Fernseher verdösen. Warum, so fragte ich mich, die vielen Gedanken und Ideen, die sich im Laufe eines Lebens gesammelt haben überdenken und -

so möglich, schriftlich verarbeiten. Kaum sind solche Gedanken zu Ende gedacht, entwickelt sich dafür die notwendige Initiative. Ein Literaturstudium muss her. Denkt sich der Kopf, ohne an den Körper zu denken. Der ist ja bereits 66 Jahre alt und damit nicht mehr der Jüngste. Diese drei Studienjahre waren es, die mir zeigten, dass das kreative Schreiben kein dunkles Geheimnis bleiben muss, so man sich bemüht es zu lüften. Und noch etwas half mir sehr, das Schreiben ernsthaft anzupacken. Das geistige in sich "Hineinhören" um mit dem Bewusstsein und seiner inneren Stimme Gespräche zu suchen.

Mehr Informationen unter
BoD Verlag

Das Denken der Gedanken ist grundsätzlich erst einmal ein energetischer, ablaufprozessualer Prozess. Einmal völlig losgelöst davon, was ihn möglicherweise ausgelöst haben könnte, oder ausgelöst hat. Aus und Punkt! Aus dem wissenschaftlichen Verständnis von Teilen der Menschheit wäre allerdings das menschliche Gehirn sein Denkzentrum. Es besteht unstrittig zu etwa sechzig Prozent aus Gehirnfett und zu vierzig Prozent aus Proteinen. Dieser Analyse folgend bedeutet das, dass für das Denken der Gedanken und alle damit im Zusammenhang stehenden mentalen Prozesse aus dieser biologischen Masse entwickelt, organisiert und gespeichert werden sollen? Respekt! Es gibt auch andere Begründungen für das Denken der Gedanken. Jedenfalls so, wie ich sie als Autor dieses Romans verstehe.

Jeder Gedanke ist ein Baustein am werdenden Leben in seiner vielfältigen Gesamtheit. Es entwickelt sich durch das ablaufprozes-suale „geistige Denken Wollen", einge-

bettet im "geistigen Sein" und der „geistigen Energie".
Aus und Punkt.

Dieser Roman ist wahrlich keine Lektüre, um vielleicht
die Seele vor dem Einschlafen etwas „baumeln" zu lassen.
Nein, das ist dieser Roman wirklich nicht. Im Gegenteil!
Die Gedanken werden gefordert. Allerdings kann man, so
man möchte, dadurch neue Erkenntnisse über: „Das
Denken der Gedanken", hinzugewinnen.

Jedes denkende körperliche Lebewesen der höheren geistigen Ordnung auf bewohnbaren Planeten, also auch die Menschen vom Planeten Erde, bestimmen für sich selbst allein, was und wieviel sie besitzen wollen und wie sie sich entscheiden, denken und handeln, um das auch praktisch zu realisieren. Das geschieht aus freier Entscheidung und Willensbildung. Allerdings trägt auch jeder für sich allein die Verantwortung dafür! Nicht eine so genannte göttliche Figur im Himmel und schon gar nicht die „Anderen". Vor dem materiellen Wohlstand und dem menschlichen Glücklichsein steht allerdings als Warnsignal die „Würde des Menschen" fest verankert in der Erde.

Das Denken der Gedanken ist grundsätzlich erst einmal ein energetischer, ablaufprozessualer Prozess. Einmal völlig losgelöst davon, was ihn möglicherweise ausgelöst haben könnte, oder ausgelöst hat. Aus dem wissenschaftlichen Verständnis von Teilen der Menschheit wäre allerdings das menschliche Gehirn sein Denkzentrum. Es besteht unstrittig zu etwa sechzig Prozent aus Gehirnfett und zu vierzig Prozent aus Proteinen. Dieser Analyse folgend bedeutet das, dass für das Denken der Gedanken und alle damit im Zusammenhang stehenden mentalen Prozesse aus dieser biologischen Masse entwickelt, organisiert und gespeichert werden sollen? Respekt! Was geschah v o r dem Urknall? Wie entwickelten sich die kleinsten Bausteine des Lebens und der Materie? Besitzen denkende körperliche Lebewesen der höheren geistigen Ordnung, also zum Beispiel Menschen, ein Ichbewusstsein auf der Grundlage des Energieerhaltungssatzes? Worin schließt sich der Kreislauf des kosmischen Lebens? Gibt es das „geistige Sein", eingebettet in der „geistigen Energie"?

Mehr Informationen unter BoD Verlag

Jedes denkende körperliche Lebewesen der höheren geistigen Ordnung auf bewohnbaren Planeten, also auch die Menschen vom Planeten Erde, bestimmen für sich selbst allein, was und wieviel sie besitzen wollen und wie sie sich entscheiden, denken und handeln, um das auch praktisch zu realisieren. Das geschieht aus freier Entscheidung und Willensbildung. Allerdings trägt auch jeder für sich allein die Verantwortung dafür! Nicht eine so genannte göttliche Figur im Himmel und schon gar nicht die „Anderen".

Vor dem materiellen Wohlstand und dem menschlichem Glücklichsein steht allerdings als Warnsignal die Würde des Menschen fest verankert in der Erde.

Denn die Menschenwürde ist der Wert, der ausnahmslos allen Männern, Frauen und Kindern gleichermaßen und unabhängig von ihren Unterscheidungsmerkmalen, wie: Herkunft, Geschlecht, Alter oder Status, zugeschrieben wird. Es ist der Wert, mit dem sich der Mensch aus der Spezies von körperlich denkenden Lebewesen der höheren geistigen Ordnung, über alle anderen Lebewesen erhebt. Aus und Punkt. Wenn dem nicht so wäre, könnten die Menschen ja auch als Affen ihr Leben führen. Was vermutlich bei dem Denken und dem daraus resultierendem Verhalten der meisten Menschen für das Leben der Pflanzen und Tiere deutlich vorteilhafter und für die Erde nützlicher wäre. Eben wäre!

Mehr Informationen unter
BoD Verlag
www.bod.de

„Das Lesen wollen ist wie der Schrei der Sehnsucht zu
den Träumen der Nacht"

Dietmar Dressel

Mehr Informationen unter
BoD Verlag
www.bod.de